"Dedico esta historia con mucho amor...

A mis hijos Peter y Diana quienes han sublimado mi vida.

*A mi nietecito Pierre Nezahualcóyotl quien me inspiró la historia,
dándome a conocer por vez primera el cariño tan
especial de ser 'abuelita'.*

*A mis demás nietecitos: Alexandre Cuauhtémoc,
Xochitl Claire, Víctor Moctezuma y Paulito,
cuyo inagotable amor sigue nutriendo
mis años de ancianidad".*

Published in the United States by:
Charles Randall, Inc.
Orange, California
www.charlesrandall.com

Printed in China
First Edition

Credits:
Book Layout and Design: Pay Fan
Illustrations: Pedro Gaspar
Graphic Artist: Bill Torres

Library of Congress Cataloging-in-Publication Data

Jac-Lopez, Victoria, 1936-
 [Little king. English]
 El reyecito : un cuento azteca / by Victoria Jac-Lopez. -- 1st ed.
    p. cm.
 ISBN-13: 978-1-890379-24-7 (hardcover)
 ISBN-10: 1-890379-24-7 (hardcover)
 1. Graphic novels. I. Title.

 PN6727.J297L5813 2010
 741.5'973--dc22

                        2010043725

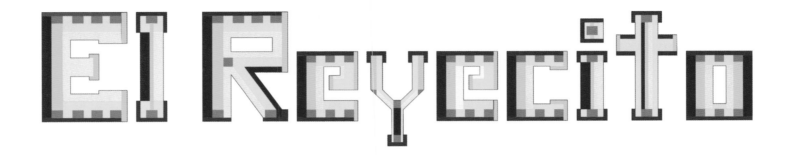

El Reyecito

S
X

Victoria López

Donde la historia se mezcla con la mágica Leyenda…

Cuenta la misteriosa leyenda que en el siglo XI, D.C.,
Huitzilopochtli Dios de la Guerra, quien era temido e igualmente
adorado por los aztecas, les ordenó, por intermedio de los
sacerdotes, que emprendieran una jornada en busca de un lago en
cuyo centro estuviera un águila posada sobre un nopal devorando
una serpiente. Al hallar dicha mística y remota tierra, construirían
un templo en honor de su dios Huitzilopochtli y levantarían el
magnífico Imperio Azteca de Tenochtitlán.

Las tribus migrantes peregrinaron cerca de 250 años lo cual les
llevó varias generaciones. Algunas veces acampaban en lugares y
permanecían allí durante varios años donde laboriosamente
comenzaban a cultivar las tierras; luego, persiguiendo su designio,
emprendían su nuevo y fatigoso viaje siempre en busca de la tierra
prometida. Hacían frente a la agotadora jornada transportando a
sus venerados ancianos a cuestas y alimentándose de nopales y los
productos de sus cazas, ya fueran serpientes, conejos, venados o
tigres, a veces tan sólo de lo poco que pudieran hallar.

Una de estas tenaces tribus descubrió un asombroso lugar de tierras muy fértiles y con muchas flores silvestres. Les atrajo tanto este fantástico sitio que decidieron asentarse allí, llamándole Acaxochitlán, del náhuatl, que significa "el lugar donde abundan las flores". Este pintoresco pueblito, se encuentra aproximadamente a 200 kilómetros del gran Imperio Azteca Tenochtitlán, hoy Ciudad de México, la capital del país.

…y aquí en el mágico Acaxochitlán, nace la historia "El Reyecito".

En un hermoso amanecer de primavera del año 1900, en el año de Nuestro Señor, los primeros rayos del sol resplandecían detrás de las montañas del este. Ya el brillo, como una ola de brisa dorada, acariciaba los campos húmedos por el rocío, despertando la pradera dormida de esta remota área de México central.

A esta temprana hora, los indígenas aztecas que poblaban gran parte de la región, platicando alegremente, ya estaban en camino a cultivar sus sembradíos. Entre ellos se destacaba una bella mujer azteca de veinticinco años. Su nombre era Citlali[1]. Sus impresionantes ojos cafés parecían centellear e iluminaban su hermoso rostro moreno. Su abundante cabellera negra tejida en dos trenzas con listones de colores caía sobre sus hombros. Vestía una blusa blanca de manta con mangas cortas y bordada con vivos colores. Usaba una falda de lana negra atada en la cintura con una faja de color púrpura y sus pequeños pies calzaban huaraches[2] de piel.

Su esposo Juan era un indígena de treinta años, de constitución musculosa y facciones rudas. Citlali y Juan tenían un hijito de ocho años de nombre Pedrito quien disfrutaba del amor intenso de sus padres.

La pequeña familia vivía en una casita de adobe con techo de teja, una chimenea y piso de tierra. La casita estaba situada a la orilla de una de las múltiples montañas del estado de Hidalgo. Flores silvestres matizaban con diferentes colores el lugar, y un riachuelo de agua cristalina melódicamente se deslizaba al fondo de la montaña.

La casita de Juan, Citlali, y Pedrito estaba compuesta de un recinto grande dividido en diferentes secciones. El área de la cocina consistía en una mesa de madera con tres sillas y un bracero hecho de ladrillo. También habia un metate[3] con su meclapil[4], un molcajete[5] con su tejolote[6] -éstos hechos de piedra- y un comal[7] de barro para hacer tortillas. Colgaban de la pared unos jarritos, unas cazuelas y una olla de barro.

La casita tenía dos ventanas por las cuales entraba el aire fragante de las montañas y conservaba la casa fresca.

En el área para dormir hallábanse tres petates[8] con sus respectivas cobijas de lana, y un canastón para la ropa.

En una esquina del recinto poseían un pequeño altar compuesto de una mesita de madera con un cuadro de la Virgen de Guadalupe, una vela sostenida en una botella, y una cajita de madera labrada por Juan en la cual la familia guardaba el dinero generado de sus pequeñas cosechas. Dicho dinero era designado para los gastos de la casa y se hallaba bajo la protección de la Virgencita.

6

Noche tras noche, Juan, Citlali y Pedrito, antes de irse a dormir, se hincaban frente a su altarcito y rezaban el Padre Nuestro y el Ave María, agradeciendo a Dios y a la Virgen de Guadalupe por los favores recibidos ese día. Al amanecer los despertaba el cacareo de un gallo, que era como su reloj despertador. Este gallo, sentado en la barda del corral y aleteando sus alas, cantaba: *kikirikiii, no quiero flojos aquí.*

La pequeña familia, al levantarse, se encaminaba al río donde se lavaban la cara para quitarse lo soñoliento, para seguir después con sus diferentes labores: Juan, cargando sobre su hombro un hacha, se dirigía a cultivar las milpas, los sembradíos de frijoles, ajos, cebollas, y las huertas de manzanas y ciruelas. Citlali marchaba a la cocina a encender el bracero para comenzar a preparar el almuerzo; mientras que Pedrito se apresuraba al corral a recoger los huevos frescos.

Mucho amor y mucha felicidad reinaba en la simple vida de esa familia azteca. Sus tierras fértiles producían lo suficiente para sus gastos. Y ellos siempre agradecían a Dios por su buena ventura.

Una mañana muy temprano, Juan cargó sus burros con costales de elotes, producto de su cosecha, y le dijo a su esposa:

"Citlali, me voy al pueblo. Regreso por la tarde."

"Está bien," contesto Citlali apresurándose a poner en su morral el itacate[9].

"Adiós tata[10] Juan," dijo Pedrito tallándose los ojitos soñolientos con los puños de sus manitas.

Por la tarde a la hora del crepúsculo, Citlali muy preocupada pensaba con impaciencia:

"¿Por qué no regresa Juan?"

Después de unos momentos, uno de los vecinos tocó fuertemente a la puerta. Al abrir la puerta Citlali, éste le dijo agitado:

"Estaba yo con Juan y otros amigos en el pueblo tomando pulque[11] para celebrar la venta de nuestras cosechas cuando unos ladrones llegaron a robarnos. Juan peleó valientemente con ellos para que no le quitaran su dinerito. Los ladrones se enfurecieron y después de acuchillarlo a muerte se huyeron. Las últimas palabras de Juan, agonizando, fueron: *Citlali, Pedrito.*"

Citlali contempló un cuerpo inerte que colgaba sobre un burro, deseando que no fuera Juan, su esposo. En esos momentos Pedrito corrió hacia el cuerpo sin vida de su padre y, sollozando intensamente, exclamó: "¡Tata Juan, tata Juan!"

Lágrimas incontenibles se deslizaban por las mejillas de Citlali al observar esta escena y, tomando la mano de Pedrito, entró a su casa, seguida por los nativos que cargaban el cadáver de Juan.

Después que hubieron cambiado las ropas sangrientas de Juan, acomodaron su cuerpo sobre un petate junto al altar de la Virgen de Guadalupe. Las manos rudas cruzando su pecho. Su cara se veía pálida pero plácida.

Los dolientes quienes llegaban a acompañar a Citlali en su tragedia encendían varias velas y rezaban oraciones ininterrumpidas. Citlali se hincó a rezar cerca del cuerpo de Juan. Pedrito, encogidito en su petate, se quedó dormido.

El día siguiente amaneció nublado y frío. Una fina lluvia comenzaba a caer cuando en una rústica caja de madera el cuerpo de Juan fue llevado al camposanto. Después de enterrarlo, se clavó una cruz de madera en la cabecera de la tumba.

Citlali y Pedrito se hincaron tristemente junto a la tumba de Juan y posaron un ramo de flores. Citlali apenas si podía creer que toda la felicidad de la que había gozado su pequeña familia se había destrozado abruptamente.

"Virgencita de Guadalupe," rezaba Citlali, "por favor ayúdame a sobrevivir esta tragedia. La pérdida de mi esposo me está causando un dolor inmenso. Me siento muy sola. Mándame fuerzas para cuidar a Pedrito, mi hijo."

Los siguientes años fueron muy tristes y difíciles. Citlali tenía que trabajar arduamente en el campo y Pedrito, siendo aún pequeño, ayudaba a su mamá lo más que podía. Madre e hijo abrumados por el enorme vacío en sus almas que la muerte de Juan les había causado.

Un Día de las Madres cuando Pedrito tenía quince años le dijo a Citlali a la hora de comer:

"Mamá, te tengo un regalo."

"¿Qué cosa es hijo?" preguntó Citlali abriendo una bolsa de papel.

"Es un quechquemitl[12], mamá."

"Está muy bonito Pedrito. Me lo voy a poner los domingos para ir a misa. Gracias hijo mío."

Pedrito era una bendición para Citlali; bueno y trabajador, él quería mucho a su mamá. Era alto, delgado y muy guapo. Su atuendo diario consistía de manta blanca, unos calzones largos cruzados con cintas en la cintura y amarrados por atrás, una camisa de mangas largas y cuello redondo, huaraches de piel, y un jorongo[13] azul de lana, doblado sobre su hombro. Se parecía mucho a su papá y tenía la bella sonrisa de Citlali. Para entonces Citlali y Pedrito habían aprendido a depender el uno del otro.

"Pedrito," Citlali dijo mientras cultivaba las milpas[14], "estás hecho todo un hombre."

"Sí mamá. Siento mucho la pérdida de mi tata pero ya estoy lo suficiente fuerte para cuidar nuestra parcela."

"Que Dios lo guarde en paz," Citlali suspiró con melancolía.

Pedrito dándose cuenta de la tristeza de su madre, le dijo: "Mamá ya se está haciendo tarde. Llevemos los elotes al granero."

Atrás de su casita había un corral donde estaba el granero. En el corral tenían guajolotes, pollos, patos, burros, borregos y una vaca. Estos animales vivían en completa armonía.

Siguiendo la tradición, todas las noches antes de irse a dormir Citlali y Pedrito se hincaban frente a su altarcito, rezaban algunas oraciones, y agradecían a la Virgencita de Guadalupe por todos los favores recibidos ese día. Al terminar, se acostaban en sus respectivos petates y se quedaban dormidos tranquilamente.

Por las mañanas cuando los despertaba su gallo se iban al río a lavarse la cara y los brazos con agua fresca, luego yéndose de inmediato a sus labores. Pedrito, a cultivar los campos y a llevar a pastar a los borregos, mientras que Citlali alimentaba a los pollos, a los patos y a su querido gallo.

"Pollitos, patitos, vengan a comer su comidita," les decía al mismo tiempo que regaba maíz por el piso. Todos los animalitos se le acercaban apresurándose a picotear el maíz. Luego los dejaba correr libremente en el campo. Después de recoger los huevos se iba al manantial cercano, llenaba dos cántaros de agua, y los cargaba hasta la casa para cocinar.

"Tengo que apresurarme pues Pedrito va a llegar en cualquier momento," pensaba Citlali mientras caminaba rápidamente acarreando los cántaros de agua. Ya al llegar a la casa comenzó a preparar el almuerzo.

"Mamá, algo huele muy sabroso," Pedrito comentó al entrar a la casa.

"Espero que te guste Pedrito."

Pedrito siempre llegaba hambriento, listo para comer los deliciosos huevos preparados con salsa y cilantro, los frijoles de olla con epazote[15], las tortillas calentitas recién hechas y atole[16].

"Gracias por el almuerzo mamá. Estuvo muy sabroso."

"Dale las gracias a Dios Pedrito," Citlali respondió, mientras Pedrito regresaba a sus labores en el campo.

Después de lavar los trastes con amole[17] Citlali se marchó al río a lavar la ropa.

"Buenos días," saludó a unas inditas quienes, hincadas a la orilla del río, se encontraban restregando sus ropas sobre grandes piedras.

"Buenos días, Citlali," contestaron todas.

"Citlali." preguntó una de ellas, "¿Ya estás preparada para las festividades de la Pascua?"

"Pues aún no," respondió Citlali mientras sacaba la ropa para lavar de su canasta. "Pedrito y yo tenemos que escoger los animales para llevar a bendecir el Domingo de Palma."

Después todas continuaron con su alegre conversación mientras seguían lavando su ropa.

Cuando Citlali terminó de lavar la ropa, la colgó sobre unos matorrales y les dijo a las otras inditas:

"Hasta luego."

"Nos vemos después Citlali." le contestaron.

De regreso a su casa Citlali piscó[18] nopalitos[19] tiernos, habas, quelites[20] y verdolagas[21] y comenzó a cocinar un delicioso pollo en salsa verde con habas. Este platillo era uno de los preferidos de Pedrito.

Cuando llego Pedrito, Citlali le dijo:

"Pedrito, pronto serán las fiestas de Pascua."

"Si, mamá, tenemos que prepararnos."

El Miércoles de Ceniza sería la próxima semana. Pedrito y Citlali asistieron al ritual del día.

"Recuerda que de polvo vienes y en polvo te convertirás." El sacerdote decía mientras marcaba con sus dedos las cenizas en forma de cruz en la frente de los devotos.

El Domingo de Palma, Citlali y Pedrito, llevando dos borreguitos, se unieron con el resto de los indígenas de la región en una peregrinación. Cuando la peregrinación llegó a la parroquia de Acaxochitlán[22], se unieron con las demás personas que aguardaban en el patio. La mayoría de los parroquianos habían llevado pollitos, patitos, burritos, terneras, borreguitos y otros animales de granja para bendecir. La misa fue oficiada por El Padre Benigno, el nuevo párroco del pueblo. Después de la misa, los devotos y sus animales formaron una muy larga y ruidosa fila con los varios buus, mees, cua cuás, y pío píos, más otros sonidos emitidos por los animalitos.

El sacerdote los bendecía uno por uno con agua bendita. Cuando finalmente terminó les dijo:

"Mis hijos, que Dios los bendiga. Ya pueden irse en paz."

Afuera de la iglesia, se vendían: matracas[23], calabazates[24], acitrones[25], palanquetas[26], cacahuates hervidos con tequesquite[27], tamales, enchiladas, pulque, café, chocolate y aguas frescas de tamarindo y grosella.

"Mamá, tengo hambre. Compremos unos tamales."

"Sí Pedrito, vamos a comprar unos tamales y chocolate calientito," asintió Citlali dirigiéndose a los vendedores de comida.

Citlali y Pedrito se sentaron sobre la barda de la iglesia a comer sus tamales. Sus borreguitos, sentados junto a ellos, compartían también parte de los tamales.

El Sábado de Gloria, Citlali y Pedrito fueron al pueblo a ver la Quemada del Judas y los castillos. Y el domingo asistieron a la misa de Pascua.

Durante los días de la Cuaresma, Citlali cocinaba platillos sin carne como huevos ahogados, huazontles[28], escamoles[29], charales[30], tamales con frijoles negros y tlacoyos[31] con salsa de chinicuiles[32].

Citlali, Pedrito, y los indígenas vecinos eran muy trabajadores. Constantemente se les veía laborando sus parcelas. Y aunque no vivían cerca el uno del otro, se ayudaban mutuamente en casos de emergencia como les recomendaba El Padre Benigno.

El Padre Benigno había llegado a la parroquia de Acaxochitlán hacía apenas un año y había sido como una bendición del cielo para los indígenas. Tenía muchos conocimientos y era altamente respetado por los nativos. Su atuendo diario era una sotana larga y negra, cubriendo su gordito cuerpo, y un sombrero negro de copa ancha y redonda.

Sus pequeños ojos se veían aun más diminutos a través de los vidrios gruesos de sus lentes. Era de mediana edad y tenía mucha energía y buena salud. Su tez era clara y en su cara se dibujaba una sonrisa. La expresión de sus ojos reflejaba bondad y comprensión y siempre estaba dispuesto a ayudar a los nativos cuando lo necesitaban.

Él se encargaba de llevarles un doctor cuando era necesario y pagaba por las medicinas si los indígenas no tenían dinero. También los ayudaba a vender sus cosechas aconsejándoles los mejores comerciantes del pueblo.

Un día El Padre Benigno le ordenó a su sacristán:

"Tomás, alista a mi burro porque voy a ir a las montañas de Santa Rosa a visitar a los nativos de esa área. Ha pasado ya casi un mes desde la última vez que fui. ¡Cómo desearía visitarlos más seguido!"

"Padre Benigno," dijo Tomás moviendo la cabeza para mostrar su desaprobación. "Usted es una persona muy ocupada. Es increíble que aún encuentre tiempo para ir a ese lugar tan retirado a visitar a los indígenas."

El Padre Benigno ignoró el comentario de Tomás y se montó en el burro. Después de andar una corta distancia, al llegar a una subida, el burro se detuvo y no quiso seguir. El buen Padre Benigno, tuvo que desmontar y seguir a pie ya que él estaba muy pesado para el burro en la subida. Constantemente se limpiaba el sudor de la cara y pacientemente aguantó la larga jornada.

Al acercarse a su destino, el padre le dijo al primer indígena que encontró:

"Buenos días hijo mío."

"Buenos días Padrecito Benigno. ¿Como está su merced?" Al decir ésto, el indito corrió a dar la noticia de la llegada del padre al resto de la comunidad.

Las mujeres se apresuraron a preparar los platillos favoritos del padre y él, al ver la felicidad tan grande que había traído a estas humildes gentes, se olvidó completamente de su cansancio.

Inmediatamente una silla fue puesta bajo la sombra de un hermoso encino. El padre se sentó y, usando su sombrero como abanico, respiró profundamente la frescura del aire de las montañas.

Citlali se acercó con un jarro en la mano y dijo:

"Padre Benigno tome usted un poco de limonada."

"Gracias Citlali," le respondió saboreando con gran deleite la limonada fresca después de su larga jornada.

Los indígenas se comenzaron a reunir en frente de él, y sentandos en el pasto con las piernas cruzadas, lo miraban atentamente.

"En el nombre del Padre, del Hijo y del Espiritu Santo," dijo el padre haciendo la señal de la cruz.

"Amén," contestaron todos.

En seguida les comenzó a hablar de religión, de higiene, del ahorro y de la importancia de ayudarse mutuamente en casos de emergencia. El acento típico de España, su país natal, añadía un tono de interés y gracia a su conversación. También les enseñaba a leer y a escribir en español, cuidando que no se olvidaran de su hermoso idioma náhuatl.

Al final de la sesión, rezaron unas oraciones y luego todos muy felices disfrutaron de una comida deliciosa.

Después de dichos momentos tan sutiles con esos nativos por quienes sentía tanto afecto, El Padre Benigno se puso de pie, hizo la señal de la cruz, y bendijo a todos, diciendo:

"Hijos míos, que Dios los bendiga y los proteja siempre."

"Gracias Padrecito Benigno, y que Dios lo proteja a usted también," le contestaron.

Por fin el padre se puso el sombrero, y el burro fue cargado con verduras, frutas, huevos y hasta pollos vivos que los indígenas le habían regalado. Con todo ese peso El Padre Benigno no se pudo montar otra vez en su burro. Suspirando con resignación y regalándoles a los nativos una sonrisa, jaló las riendas de su burro e inició su jornada a pie, desapareciendo como una visión en la distancia.

El primer día de noviembre los indígenas celebraban el Día de los Muertos también llamado el Día de Todos los Santos.

El último día de octubre, Citlali le dijo a Pedrito:

"Pedrito, mañana tenemos que ir al pueblo a comprar lo necesario para la ofrenda."

"Está bien mamá, eso haremos."

Cuando llegaron al pueblo de Acaxochitlán, varias cuadras estaban ocupadas por vendedores de frutas, flores, patos, guajolotes, pollos y conejos. La mercancía estaba expuesta sobre mesas y sobre petates en el suelo. También se vendían las especialidades del Día de Todos los Santos: el pan de muerto que tenía la forma de cadáveres y las calaveras de azúcar que se decoraban con los nombres de los muertitos.

Era y sigue siendo una tradición, que el primer día de noviembre se preparan los platillos favoritos de los familiars fallecidos.

Citlali y Pedrito pusieron la mesa donde acomodaron en el centro una cazuela con mole de guajolote, el cual había sido el platillo favorito de Juan, una olla de calabaza cocida en piloncillo, frutas, verduras, pan de muerto y unas calaveras de azúcar.

Adornaron la mesa con velas y con flores de cempohalxochitl[33]. Estas flores anaranjadas tienen un aroma peculiar, y sólo florecen en esa época del Día de Todos los Santos. La Ofrenda se quedaba en la mesa durante dos días sin ser tocada. Los indígenas creen que los espiritus de los muertitos regresan a su casa, y se quedan ahí durante dos días absorbiendo el olor de su comida favorita.

El dos de noviembre, temprano por la mañana se acostumbraba ir a los cementerios a visitar y a depositar flores sobre la tumba de los familiares. Pedrito y Citlali seguían esa costumbre visitando la tumba de Juan y dejándole flores. Por la tarde, se celebraba La Llorada del Muerto. Citlali y Pedrito recibían a los familiares, las amistades, los compadritos, y por supuesto al Padre Benigno. Todos llegaban a saborear la deliciosa comida que, ahora sin olor, los espíritus de los muertos habían dejado.

Unas semanas después de las festividades, Citlali despertó a Pedrito por la mañana:

"Pedrito, levántate. No he oído cantar al gallo y el sol ya ha salido. Algo malo ha pasado."

Pedrito se levantó y, tallándose los ojos adormilados con el puño de sus manos, dijo:

"Vamos a ver que ha pasado Mamá Citlali."

Los dos fueron a su corral y se encontraron con una terrible escena.

"¡Ay mamá, mira!" exclamó Pedrito alarmado.

Citlali vio con pánico que casi todos sus pollos habían sido devorados. Sólo quedaban tristes restos de la carnicería. En esos momentos, uno de los vecinos llegó corriendo y les dijo:

"Una manada de coyotes hambrientos se metió en varios de nuestros corrales por la noche y se comieron a nuestros animalitos. Ven conmigo Pedrito, tenemos que juntarnos con el resto de los vecinos para atrapar a los coyotes."

Citlali tristemente comenzó a recoger los escasos restos de los pollos destrozados. Su querido gallo quien los despertaba todas las mañanas estaba entre las víctimas. Este desastre causó una gran pérdida de dinero para ellos. Pero en cuestión de unos días los indígenas lograron matar a la mayoría de los coyotes, y los pocos que se escaparon ya nunca regresaron.

Un día Citlali notó que Pedrito se veía muy inquieto. Entonces le preguntó:

"¿Pedrito, qué es lo que te pasa?"

Pedrito ruborizándose un poco le contestó:

"Mamá, ya tengo dieciocho años y creo que es tiempo de encontrarme una esposa."

"Bien Pedrito, hay varias jovencitas en nuestra área,"

"Lo sé, mamá, pero ninguna de ellas me interesa. Yo quisiera irme a otro lugar y encontrar a alguien que en realidad me guste."

Moviendo la cabeza con resignación, Citlali contestó:

"Bien Pedrito, ve y encuentra a una buena muchacha."

Citlali le dio entonces dinero de sus ahorros y el siguiente día, cargando su morral con el itacate y una muda de ropa, Pedrito se fue con la bendición de su madre.

Citlali se quedó pensativa, mirando hacia la puerta por donde su hijo había desaparecido. Volviéndose lentamente, se hincó frente a su altar implorando a la Virgen:

"Virgencita de Guadalupe, por favor cuida a Pedrito en su viaje."

Habían pasado ya dos lunas cuando una mañana Citlali, trabajando en el campo, vio llegar a Pedrito acompañado de una jovencita.

"Mamá, esta es Sabina, mi mujer," anunció Pedrito con una amplia sonrisa.

"Pasamos a visitar al Padre Benigno y ya nos ha casado."

Sabina tenía quince años. Era de pelo largo y negro, y tenía una piel muy blanca – en realidad que era una linda mestiza. Pedrito la había traído de tierras lejanas.

Después de recuperarse de la inesperada sorpresa, Citlali miró a Sabina con cierta desconfianza y pensó:

"¿Podrá ella trabajar como las otras mujeres de nuestra región?" Pues Sabina tenía la apariencia de alguien quien nunca había trabajado en el campo. Sin embargo Citlali sonrió, tomó a Sabina por los hombros, y dijo:

"Sabina, bienvenida a nuestro hogar."

Sabina enrojeció con timidez, besó las manos de Citlali, y contestó:

"Gracias, mamá Citlali."

Pedrito se puso muy contento al ver la buena reacción entre Citlali y Sabina.

En unos cuantos días Citlali observaba con sorpresa que Sabina hacía todo el trabajo del campo igual o mejor que las muchachas de la región. Esto la tranquilizó.

Al paso de cuatro años Citlali comenzó a preocuparse porque no veía ninguna señal de la llegada de un bebé. Sin embargo no perdía la esperanza. Todos los días rezaba a Dios mientras trabajaba en el campo:

"Tata Dios, por favor, mándame un nietecito."

Por las noches, rezaba frente a su altarcito a la Virgen de Guadalupe:

"Virgencita Lupita, por favor mándame un nietecito."

Una noche Citlali, no pudiendo conciliar el sueño, salió a tomar el aire fresco. El cielo estaba sereno y cubierto de estrellas. Una luna llena plateada completaba la belleza de la noche. Citlali sintió una brisa suave que la envolvía con la fragancia de los campos. Entonces, caminó hacia su lugar favorito en la cumbre de la loma.

Mientras contemplaba la belleza del cielo, observó una estrella muy brillante y dirigiéndose a ella imploró:

"Estrellita, estrellita, ya que tú estás mucho más cerca que yo de nuestro Creador, por favor pídele de mi parte que me mande un nietecito."

Después de meditar por unos momentos, regresó a su casa sintiéndose segura que Dios había escuchado su plegaria.

Meses después, en una noche fría de invierno, Sabina le dijo a Citlali:

"Mamá Citlali, siento dolores como si ya fuera a nacer el chilpayate[34]. No me siento bien."

Citlali, acariciándole el pelo, la miró preocupada. El rostro de Sabina expresaba el extremo sufrimiento por el que estaba pasando.

"Voy a preparar un té de hierbabuena. Ésto te calmará el dolor."

Pero el té no le hizo ningun efecto. Pedrito, sin saber que hacer, se hincó frente al altarcito:

"Virgencita de Guadalupe, por favor ayuda a mi mujer."

Luego se puso a rezar en silencio.

Pasó un día y no hubo ningún cambio. El segundo día Pedrito estaba muy preocupado. Trabajaba en el campo por un rato y regresaba a ver a Sabina. Citlali dándose cuenta de su aflicción, le dijo:

"Pedrito, no te preocupes. Dios está con nosotros. Todo va a salir bien. No pierdas la fe."

"Esta bien mamá, voy a trabajar otro rato pero regreso en seguida."

Mientras tanto, Citlali hacía todo lo posible para ayudar a Sabina. Su rostro estaba cubierto con perlas de sudor y se quejaba constantemente. No fue hasta el tercer día de sufrimiento cuando el bebé nació.

"¡Es un niño!" Citlali exclamó. "¿Pero qué pasa? ¡El niño no respira!"

Pedrito y Sabina lo miraban con pánico. Pero Citlali, controlando sus nervios, levantó al bebé de los piecitos e imploró:

"¡Dios mío, por favor ayúdame a salvar al bebé!"

Luego le dio golpecitos en la espalda para inducir la respiración, pero el bebé no reaccionaba. En esos momentos su carita se había puesto azul. Citlali le dio otros golpecitos pero con más firmeza. Esta vez el bebé dejó escapar el llanto. Todos respiraron con alivio, y sus rostros se llenaron de júbilo.

Allí, en la pequeña casita de adobe, al calor de los leños del bracero, nació el bebé. Citlali, lo cubrió con ropita que ella misma había confeccionado. Nada en el mundo se podía comparar con la felicidad que sentía al tener en sus brazos a ese pequeño ser quien había llegado a enriquecer su hogar.

"Gracias Diosito. Gracias Virgencita de Guadalupe," Citlali decía mientras lágrimas de felicidad rodaban por sus mejillas.

Luego le entregó el bebé a Sabina, quien lo abrazó tiernamente.

"¡Tenemos un hijo!" Pedrito exclamó radiante de felicidad. El bebé fue recibido con amor, con mucho, mucho amor.

En unos cuantos días una cunita de madera fue colgada del techo, proporcionando al bebé un lugar seguro para dormir. Para entonces Citlali ya le había puesto una pulserita con ojos de venado al bebé. Se creía que este amuleto lo protegería de los malos espíritus.

Cuando el bebé estaba inquieto, Citlali lo acostaba en su cunita, y columpiándolo le cantaba:

A la rurru niño, a la rurro ya, duérmete mi niño, y duérmete ya…

Después de oír ese dulce canto y con el vaivén de la cunita, el bebé se quedaba dormidito.

Citlali constantemente admiraba la belleza sin igual de su nietecito. Su piel era blanca y suave como los pétalos de las flores que crecían en la pradera; sus mejillas, rosadas como un crepúsculo. El pelo del niño brillaba como los rayos del sol de la mañana y sus ojos eran azules como el transparente azul del cielo, haciendo recordar a Citlali del cielo al cual había enviado sus oraciones. Evidentemente este niño era una bendición de Dios.

Cuando el bebé cumplió cuatro meses, Citlali, Pedrito y Sabina decidieron bautizar al niño. Ese domingo vistieron al bebé con una ropita muy elegante y se fueron a la parroquia de Acaxochitlán. Después de oír misa se dirigieron a la sacristía para hablar con El Padre Benigno.

"Padre Benigno," solicitó Pedrito, "queremos que su merced bautice a nuestro chilpayate."

El Padre Benigno respondió con una sonrisa:

"Está bien mis hijos. ¿Pero quién va a ser el padrino?"

"Padrecito Benigno," dijo Citlali, "queremos que usted sea el padrino."

"Sí Padre Benigno," Sabina interrumpió, "Usted será nuestro compadrito."

"Muy bien, lo haré con mucho placer. ¿Cómo se va a llamar el bebé?"

"Usted escoja el nombre," dijo Pedrito.

El buen padre se quedó pensando por un momento y después anunció:

"Bueno, como el niño nació el seis de enero, el día cuando celebramos Los Santos Reyes, nombraremos al bebé, Rey."

Todos se regocijaron cuando El Padre Benigno virtió el agua bautismal sobre la cabecita del adorado bebé. El niño estaba ya libre del pecado original.

Con mucho respeto, Citlali, Sabina y Pedrito besaron la mano del sacerdote y dijeron:

"Gracias Padre Benigno. Gracias compadrito."

El piadoso padre miraba con ternura la felicidad de estos humildes indígenas, mientras sostenía al bebé en sus brazos.

Siguiendo la tradición, El Padre Benigno lanzó monedas a los niños que gritaban jubilosos afuera de la iglesia:

"¡El bolo[35] padrino! ¡El bolo padrino!"

"Padrecito Benigno, por favor venga a comer con nosotros. Ya hicimos mole de guajolote para celebrar el bautizo," dijo Citlali.

"¡Mmm, mi platillo favorito!" exclamó el sacerdote, "Allí estaré." Y dándoles su bendición, dijo:

"Vayan con Dios hijos míos."

Pedrito y Sabina siempre se conservaban ocupados labrando las tierras mientras que Citlali hacía lo que más le gustaba, cuidar de su nietecito. Por las mañanas, Citlali le daba su atole al bebé. Y después, acomodando al bebé sobre su espalda y atándolo con su rebozo al frente de su pecho, se iban al campo donde los pajarillos cantaban y volaban a su alrededor, y el perfume de las flores silvestres impregnaban el aire. El burro, con sus rebuznos, también los saludaba.

El bebé, a quien ahora llamaban de cariño, El Reyecito, se regocijaba en ese ambiente, y con sumo interés veía a los chupamirtos con sus vibrantes alitas y largos picos extraer el néctar de las flores. Cuando se sentía cansado, recostaba su cabecita sobre el hombro de su querida abuelita, como diciéndole:

"Abuelita ya es hora de regesar a casa."

Y así en este ambiente ideal, el niño crecía con el cuidado amoroso de la mujer azteca.

Cuando El Reyecito comenzó a caminar los indígenas veían con frecuencia a Citlali quien, tomando la manita del niño, caminaba por el campo cantando bellas canciones en náhuatl. El Reyecito se deleitaba con los conejitos brincando a su alrededor y las mariposas volando de flor en flor.

Ya de más grandecito le pedía a Citlali:

"Abuelita, por favor llévame a montar en burro."

"Está bién mi nietecito."

Después de sentarlo en el burro, ella jalaba las riendas mientras que el pequeño movía sus piernitas en los flancos del burro, riéndose con júbilo. Cuando regresaban a su casa Citlali alimentaba al Reyecito con sopa de pollo, tortillas, fruta y leche de vaca recién ordeñada.

Por las noches toda la familia se hincaba frente al altar:

"Gracias Virgencita de Guadalupe, por todos los favores recibidos."

Luego de rezar el Ave María, se iban a dormir. Citlali besaba al Reyecito en su frentecita, diciéndole:

"Mi nietecito querido, que sueñes con los angelitos."

El Reyecito contemplaba a Citlali con sus expresivos ojos azules, y tras darle un abrazo, se quedaba dormidito. Lágrimas de felicidad rodaban por las mejillas de Citlali en esos momentos tan tiernos.

El Reyecito tenía siete años, cuando Pedrito le dijo a Citlali:

"Mamá, Sabina y yo queremos irnos a trabajar a Veracruz por un tiempo."

"¿Pero por qué?" preguntó Citlali sorprendida.

"Bueno pues nos llegó la noticia de que el papá de Sabina está enfermo, y necesitan nuestra ayuda en el rancho. Sabina esta muy preocupada y quiere ver a su familia. Como la jornada sería muy pesada para El Reyecito, queremos que se quede con usted."

"¿Puede usted cuidar del Reyecito en nuestra ausencia?" Sabina preguntó.

"Nuestros vecinos José y su esposa María labrarán nuestras tierras," añadió Pedrito.

Luego de pensarlo un poco, Citlali les contestó:

"Esta bién mis hijos. Cuidaré del Reyecito."

En esos instantes El Reyecito entró corriendo. Citlali acercándose le dijo:

"Mi nietecito, tus papás desean irse por un tiempo a visitar a tus abuelos, los papás de tu madre."

"¿Te gustaría quedarte aquí con tu abuelita en nuestra ausencia?" Pedrito le preguntó.

"Sí, sí, yo me quedo con mi abuelita."

Como todos estaban de acuerdo, Pedrito y Sabina se fueron al día siguiente.

La vida de Citlali y El Reyecito continuó como antes. El Reyecito siempre atendía las clases que su padrino, El Padre Benigno, les daba a los indígenas y se sintió fascinado cuando aprendió a leer y a escribir. Todos los domingos después de la misa, su padrino le daba clases especiales.

"El Reyecito aprende con mucha facilidad todo lo que le enseño. Es muy inteligente," pensaba El Padre Benigno.

El 12 de diciembre a las cuatro de la mañana, El Reyecito y Citlali se unieron con sus vecinos en una peregrinación a Acaxochitlán a darle Las Mañanitas a la Virgen de Guadalupe. Grupos de indígenas de diferentes regiones llegaban a la iglesia con músicos tocando violines, guitarras, trompetas y tambores. Y con el ruido de los tamborzasos, los cuetes, y las campanadas, la gente cerca del altar cantaba a su Virgencita de Guadalupe:

Qué linda está la mañana

En que vengo a saludarte

Venimos todos reunidos

Con placer a felicitarte…

Luego de cantar Las Mañanitas todos los devotos oían la misa dedicada a la Virgen.

El 13 de diciembre, El Reyecito, mostrándole a Citlali un calendario, le dijo:

"Abuelita en tres días comienzan Las Posadas."

"Sí mi nietecito, voy a hacerte un juego de ropa nueva para la ocasión."

"Abuelita, también tenemos que poner El Nacimiento."

"Sí Reyecito, hay bastante que hacer."

Las fiestas navideñas le gustaban mucho al Reyecito. Las Posadas comenzaban el 16 de diciembre y seguían hasta el 24. En esos días al atardecer El Reyecito y otros niños, sosteniendo velas y luces de bengala en sus manitas, se veían encantadores vestidos de blanco, con sus joronguitos azules y sus sombreritos. Formando una procesión, encabezada por El Reyecito, los niños iban de puerta en puerta a las diferentes casitas cantando Las Posadas:

En nombre del cielo,

Os pido posada

Pues no puede andar

Mi esposa amada…

Dentro de la casa unas voces contestaban:

Aquí no es mesón

Sigan más adelante

Yo no debo abrir,

No sea algun tunante…

Así, los niños seguían cantando en las puertas de varias casitas hasta que llegaban a una donde los invitaban a entrar.

Entren santos peregrinos, peregrinos

Reciban este rincón

Que aunque es pobre la morada, la morada

Os la doy de corazón…

En la casa que les daba asilo había una piñata suspendida en la rama de un árbol. Los niños, poniéndose en fila, esperaban impacientes su turno para romperla. Al que le tocaba el turno le vendaban los ojos con un paliacate[36] y le daban un palo largo. La piñata era columpiada para hacer más difícil a los niños la tarea de romperla con el palo.

En estos momentos los niños cantaban en coro:

> *Dale, dale, dale,*
> *No pierdas el tino*
> *Porque si lo pierdes,*
> *De un palo te empino…*

Cuando al final rompían la piñata, el contenido se regaba por el piso. Todos los niños se abalanzaban felices a recoger los dulces, las frutas, los cacahuates y otros regalitos. El Reyecito, lleno de júbilo y excitación, llenaba su morralito con todo lo que había recogido y corría al lado de su abuelita.

"Mira abuelita," sus ojos brillando de alegría, "recogí muchos dulces."

"Sí mi nietecito, te van a durar largo tiempo."

Poco después jarritos con ponche caliente eran distribuidos a todos los invitados. El ponche estaba hecho de guayabas, tejocotes[37], manzanas y pedacitos de caña; todos dichos ingredientes cocidos con canela y azúcar. Esta bebida era perfecta para esas noches frías.

En la casita donde se celebraba la posada, había un nacimiento con figuras hechas de madera de la Virgen María, San José, y los Tres Reyes Magos con sus camellos. Tambien había un burro, borreguitos y otros animalitos de rancho, rodeando una cunita vacía. Las Posadas se prolongaban por nueve días y el 25 de diciembre se ponía la figura de un bebé en la cunita para celebrar el Nacimiento del Niño Jesús.

La noche de la Navidad, los indígenas, alumbrando su camino con velas, se iban a Acaxochitlán en grupo a oír la Misa de Gallo que se celebraba a las doce de la noche.

Cuando la misa concluyó, El Padre Benigno le solicitó al sacristán:

"Tomás, trae las canastas con los aguinaldos y acomódalas en la puerta de salida."

"Sí Padre Benigno, ahorita mismo lo hago."

Entonces El Padre Benigno, posándose en la puerta de salida, le dio a cada uno de los indígenas un aguinaldo, diciéndoles:

"Feliz Navidad. Vayan con Dios hijos míos."

Los inditos se iban muy contentos llevando consigo ese regalito tan especial que el generoso Padre Benigno les había ofrecido.

El Año Nuevo también era celebrado con cuetes, piñatas y buñuelos.

La noche del 5 de enero, antes de irse a dormir, los niños dejaban sus huarachitos afuera de la puerta de sus casitas. Y por la mañana del 6 de enero, el Día de Los Santos Reyes, los niños encontraban regalitos que los Reyes Magos Melchor, Gaspar y Baltasar les habían dejado junto a sus huarachitos.

"¡Mira abuelita! Los Santos Reyes me dejaron muchos juguetes y libros. Ahora puedo leerlos y aprender más."

"Sí Reyecito, los Santos Reyes fueron muy buenos contigo."

Para entonces El Reyecito ya tenía ocho años y contaba con varios amigos, pero, como muchos niños de su edad, tenía un amigo favorito. Pepe tenía la misma edad que El Reyecito. Era un niño muy inquieto y sonriente, causando que los hoyuelos de sus mejillas se hicieran más notables. Sus ojos negros irradiaban felicidad.

El Reyecito y Pepe a menudo nadaban en el río, corrían de arriba hacia abajo en las lomas, perseguían a los conejitos y chiflaban tratando de imitar a los pajarillos. Ellos también ayudaban a sus mayores, cuidando a los borregos y haciendo otros trabajos fáciles. Los dos estaban muy sanos y eran muy felices.

Pero además de jugar, El Reyecito disfrutaba especialmente de las visitas de su padrino. El Padre Benigno se daba cuenta que El Reyecito estaba dotado de una mente brillante. El Padre lo consentía llevándole juguetes y muchos libros para enriquecer más su intelecto.

En una ocasión, El Padre Benigno les dio a los indígenas una inesperada noticia. Con lágrimas en los ojos les dijo:

"Mis queridos hijos, siento decirles que me han cambiado a otra parroquia la cual está muy lejos de aquí y no podré ya visitarlos. Pero el padre que tome mi lugar los vendrá a visitar seguido."

Citlali y El Reyecito, al igual que los otros indígenas, se sintieron muy tristes al oír la noticia, pero tenían la esperanza de que el nuevo padre fuera tan bueno como El Padre Benigno. Sin embargo el nuevo sacerdote raramente los visitaba.

Dos años después del cambio del Padre Benigno, una epidemia de gripe invadió la región donde vivía El Reyecito. Como no había atención médica muchos indígenas, adultos y niños, murieron.

Una mañana cuando El Reyecito fue a la casa de su amigo Pepe para que fueran a jugar, el papá de Pepe al abrir la puerta, tristemente, le dijo:

"Reyecito, el alma de Pepe se ha ido al cielo."

El Reyecito entró lentamente a la casa temiendo ver lo que le esperaba. El cuerpo inerte de su queridísimo amigo Pepe yacía en un petate sobre el suelo. Alrededor de su cuerpecito había velas encendidas. Su cara se veía pálida como cera, sus ojos estaban cerrados y la constante sonrisa sobre su rostro había desaparecido. Sus manitas estaban cruzadas una sobre la otra en su pecho y sostenían una cruz de madera. La mamá y los pequeños hermanitos de Pepe se encontraban hincados llorando alrededor del cuerpecito.

Esta tragedia fue muy traumante para El Reyecito. Su querido amigo había muerto. El Reyecito no pudo contener el llanto y corrió a su casa a ver a Citlali.

"Abuelita," le dijo llorando a lágrima viva, "¡Pepe está muerto! Le dio la gripa y se murió."

"Mi nietecito, for favor cálmate," Citlali le dijo abrazándolo y limpiando la lluvia de lágrimas de su carita.

"¿Pero abuelita, por qué tuvo que morirse?" preguntó sollozando.

"Reyecito, solo Dios nuestro Creador sabe el por qué se lleva a nuestros seres queridos. Lo único que podemos hacer es rezar." Ambos se hincaron frente al altar de la Virgen de Guadalupe y rezaron por el eterno descanso del alma de Pepe.

La siguiente mañana amaneció soleada. El pequeño ataúd de Pepe, junto con otros dos ataúdes de adultos que también habían caído víctimas de la gripe, fue llevado al cementerio. El Reyecito, quien caminaba junto a Citlali, no dejó de llorar todo el camino. Después del entierro del cuerpo de Pepe, El Reyecito se quedó hincado junto a la tumba. Con gran esfuerzo Citlali finalmente lo convenció de regresar a su casa.

La repentina muerte de Pepe fue terriblemente dolorosa para El Reyecito. Pasó muchos días en silencio dolido por la muerte de su querido amiguito y recordando todos los días felices que habían pasado juntos. Citlali trataba de consolarlo, para que no sufriera tanto, pero no pudo lograrlo.

Cuando el nuevo sacerdote finalmente llegó con un doctor se encontró con una escena enteramente triste y devastadora plena de indígenas enfermos y muertos.

"Siento profundamente el no haber venido a visitarlos antes," les dijo a los inditos quienes no parecían oírle y lo miraban con indiferencia, "pero la gente del pueblo me tiene sumamente ocupado."

Los indígenas ya no labraban sus campos como lo acostumbraban a hacer antes. Tal parecía que ya habían perdido el interés. La epidemia había sido una muy triste tragedia que había destruído su vida feliz y pacífica, llevándose al mismo tiempo muchos de sus seres queridos.

El Reyecito se daba cuenta de la trágica situación y se sentía muy triste al ver que no podía hacer nada para ayudar a su gente. Después de varios días de pensar en aquella situación, El Reyecito hizo una muy importante decisión y habló seriamente con Citlali.

"Abuelita, yo sé que sólo tengo diez años de edad. Pero creo tener una misión muy especial en mi vida. Quiero irme, encontrar a mi padrino, El Padre Benigno, y con su ayuda continuar mis estudios. Creo que él me guiará a encontrar mi verdadera vocación."

Citlali sintió que su corazón sangraba al escuchar las palabras de su nietecito. El Reyecito percibió su desconsuelo y le dijo:

"Querida abuelita, yo te quiero mucho, y también quiero a estos campos y a nuestra gente. Pero tengo que irme. Por favor ten confianza en mí y no te pongas triste. En cuanto termine mis estudios, regresaré."

Con esas palabras abrazó a Citlali tiernamente. Citlali estaba tan impactada y angustiada que no pudo pronunciar palabra. Tal parecía que si se iba su nietecito, ella ya no tendría ninguna razón para seguir viviendo. El Reyecito era su sol, su luna, y el aire que respiraba. Él era su vida y el amor de Dios manifestado.

"¿A que más aspiraba El Reyecito?" ella pensó. "En este lugar él tiene todo: agua pura del manantial de la montaña, el calor benéfico del sol, la fragancia de las flores silvestres y comida en abundancia de nuestra noble tierra."

Después de algunos segundos, tratando de ocultar el sufrimiento y las dudas para no perturbar a su nietecito, dijo:

"Mi querido nietecito, aunque no te entiendo completamente, confío que tu estás haciendo lo que debe ser."

En esos momentos, ambos se hincaron frente al altar de la Virgen de Guadalupe y rezaron:

"*Santa María, Madre de Dios…*

Temprano la siguiente mañana El Reyecito ya estaba listo para ir a la parroquia de Acaxochitlán a buscar información del lugar donde estaba El Padre Benigno. Citlali conteniendo el llanto, le entregó dinero, el morral con una muda de ropa y el itacate.

"Que Dios te cuide y bendiga, mi nietecito."

El Reyecito besó a Citlali en la frente y le dijo:

"Abuelita, regresaré pronto. Te lo prometo."

Tomando su morral emprendió la jornada, volteando con frecuencia a ver a su abuelita quien lloraba recargada en el marco de la puerta. Ahí se mantuvo hasta ver a su adorado nietecito desaparecer en la distancia.

La partida del Reyecito fue una tragedia muy grave para Citlali. Todas las noches, hincada frente al altar, imploraba:

"Virgencita Lupita, por favor cuida a mi nietecito." Y luego rezaba el rosario.

Cinco años después de la partida del Reyecito, Pedrito y Sabina regresaron a vivir con Citlali. El papá de Sabina había fallecido después de una larga enfermedad. El regreso de Pedrito y Sabina trajo un poco de tranquilidad a Citlali, quien aún seguía encendiendo diariamente velas a la Virgen de Guadalupe como una constante plegaria para que su nietecito fuera protegido.

Citlali, Pedrito y Sabina le agradecían mucho al padre de la parroquia de Acaxochitlán cuando les daba las buenas noticias de que había recibido carta del Reyecito. En esas ocasiones el sacerdote leía las cartas a la familia.

El Reyecito en sus misivas les mandaba saludos cariñosos a sus padres y a su abuelita diciéndoles que él se encontraba bien, que estaba estudiando mucho y que su escuela estaba en una ciudad muy grande y lejana. También les decía que El Padre Benigno, su padrino, lo visitaba con frecuencia y ambos habían decidido que el estudiaría para ser sacerdote.

Años después, en otra carta, El Reyecito les comunicaba que también estudiaría medicina. Recordaba la terrible epidemia de gripe en la cual por falta de asistencia médica murieron su querido amiguito Pepe y muchos indígenas. Esa experiencia de su niñéz lo había impulsado a tomar la decisón de estudiar para médico lo cual iba a dilatar su retorno.

Al paso de los años, Citlali, al ver que El Reyecito no regresaba, comenzó a perder interés en todo.

Un dia Pedrito y Sabina notaron que Citlali se veía muy enferma y deprimida.

"¿Mamá, qué es lo que te pasa?" le preguntó Pedrito preocupado.

En voz débil Citlali respondió:

"Ya han pasado quince años desde la partida de El Reyecito. Él ya nunca regresará."

Durante los siguientes días la salud de Citlali empeoró. Los vecinos frecuentemente llegaban a reanimarla pero no había consuelo para su pena. Después de tanto llorar, ya no quedaban lágrimas en sus ojos. Tal parecía que a ella ya no le importaba vivir.

Pedrito, Sabina y los vecinos sentían que el final de la vida de Citlali se acercaba. Después de todo ya tenía sesenta y cinco años de edad.

Por fin Pedrito dijo tristemente:

"Bueno, yo creo que ya es tiempo de traer a un sacerdote para que confiese a mi madre."

Sabina y los vecinos estuvieron de acuerdo con Pedrito.

"Yo iré al pueblo a traer al sacerdote," dijo uno de los vecinos caminando hacia la puerta de salida.

"Gracias José. Dile al sacerdote que mi madre esta muy enferma, a punto de morirse."

Cuando José llegó a la parroquia de Acaxochitlán se sorprendió de ver al Padre Benigno ahí. Su pelo estaba ahora completamente blanco, y las arrugas abundantes de su rostro revelaban su edad avanzada. Pero conservaba la misma sonrisa amable de siempre.

"¡Padre Benigno, ya regresó su merced!" exclamó José felizmente.

"Sí hijo mío, regresé ayer."

Pasando la sorpresa, José anunció:

"Padre Benigno, Citlali se esta muriendo. Por favor venga usted a verla."

"Estaré allá en seguida y llevaré conmigo a un doctor." dijo El Padre Benigno con preocupación.

"Gracias Padrecito," dijo José al salir.

El Padre Benigno había sido asignado nuevamente a la parroquia de Acaxochitlán y venía acompañado de un sacerdote joven quien lo asistía ya que El Padre Benigno tenía más de setenta años. En cuanto El Padre Benigno se jubilara, el sacerdote joven tomaría su puesto. Este joven no sólo era sacerdote sino también doctor y era nada menos que El Reyecito.

El Reyecito, mientras organizaba su recinto, sentía que ahora estaba capacitado para cumplir su misión en la vida de ayudar al género humano. Su Padrino, El Padre Benigno, lo había guiado a reconocer las altas virtudes de la vida como así también la importancia de la medicina. Ahora tenía veinticinco años de edad y era llamado El Padre Rey. Estaba feliz de haber regresado a Acaxochitlán y ansioso de ver a su querida abuelita Citlali y a sus padres.

Interrumpiendo sus pensamientos el Padre Benigno entró apresuradamente a su aposento y le dijo:

"Hijo mío, me acaban de avisar que Citlali está muy grave y a punto de morirse."

"¡Oh, no!" exclamó El Padre Rey con desesperación y tristeza reflejadas en su rostro. Tomando su maletín, él y El Padre Benigno se fueron en su carretela hacia la casita de Citlali.

Al llegar encontraron a Citlali acostada en su cama. Después de los años su hermosa cabellera negra se había tornado plateada. Se veía muy pálida, sus ojos estaban cerrados, y su respiración era lenta.

Junto a ella estaban sentados Pedrito y Sabina. Su sorpresa fue enorme cuando reconocieron a su hijo, parado a la entrada de la casa, vestido con la impresionante sotana negra y el cuello blanco. Después de abrazar a sus padres, El Padre Rey se inclinó hacia Citlali, le tomó la mano y le dijo:

"Abuelita, como te prometí, he regresado. Ya nunca, nunca te volveré a dejar." Luego la besó suavemente en la frente.

En su estado semiconciente, Citlali pensó que estaba soñando con su nietecito como lo había hecho muchas veces antes. Pero esta vez, la voz se oía muy clara. Gradualmente abrió los ojos:

"¿Será posible que mi adorado nietecito esté aquí conmigo?" pensó.

Su adorado nietecito realmente estaba parado frente a ella. Sus ojos azules la miraban con el mismo cariño que le habían demostrado siempre cuando era pequeño. Pero ahora estaba hecho todo un hombre: alto, esbelto, muy guapo y convertido en sacerdote.

Citlali se dio cuenta de que no estaba soñando e hizo un gran esfuerzo para hablar: "Mi nietecito, has regresado. No me olvidaste."

Después de unos minutos de intensos sentimientos, El Padre Benigno se dirigió al Padre Rey y le dijo "Hijo mío, como médico que eres, por favor examina ahora a Citlali."

El Padre Rey con la grata emoción de ver nuevamente a su abuelita se había olvidado de lo grave que estaba Citlali, y haciendo caso a su Padrino le contestó:

"Oh, sí, por supuesto," e inmediatamente se concentró en la urgencia del caso.

Después de examinar a Citlali, le recetó la medicina apropiada. Sin embargo era obvio que la presencia del Padre Rey era en sí la mejor medicina para Citlali.

A los pocos días del regreso del Padre Rey, Citlali recuperó completamente su salud.

Los siguientes años fueron como un jardín florido impregnado con el perfume de la felicidad. Pedrito y Sabina ahora se encargaban de supervisar las cosechas. Los elotes, los jitomates, y los chiles crecían en abundancia. Las manzanas y las ciruelas eran más grandes y dulces que nunca. Todos los indígenas trabajaban con mucho entusiasmo y empleaban los nuevos métodos que El Padre Rey les había enseñado para mejorar sus cosechas. Bajo su dirección, construyeron una escuela rural. El Padre Benigno, a pesar de su edad avanzada, solía a veces acompañarlo al área donde vivían los nativos y ayudaba, en lo que más podía, a su ahijado en su dura labor.

Un domingo muy especial, Pedrito y Sabina llevaron a Citlali en su carretela a la parroquia donde por vez primera la misa sería oficiada por El Padre Rey, el nuevo párroco de Acaxochitlán, pues El Padre Benigno se acababa de jubilar.

Sabina y Pedrito, bajo las miradas de admiración de los parroquianos, aceptaron con humildad y regocijo, sentarse en la primera fila de la iglesia.

Citlali se sentó en medio de ellos. Oía la misa, admiraba al Padre Rey y se maravillaba de la realización de ese deseo que con tanto fervor le había pedido a Dios.

"Gracias Dios mío. Mi nietecito es ahora un ser lleno de bondad, generosidad y sabiduría."

Luego rezó en silencio.

El Padre Benigno, también sentado en la primera fila con la familia, miraba con orgullo y satisfacción a su ahijado quien, parado en el púlpito, predicaba su primer sermón. Su ahijado se había convertido en un sacerdote con muchas virtudes. El Padre Benigno recordó ese día en el cual había bautizado al pequeño bebé. Y después cuando le enseñaba a leer y escribir a esa criatura tan hambrienta de conocimiento. El Padre Benigno había tenido también el privilegio de guiar a ese magnífico joven a través de la difíicil jornada del sacerdocio.

Los demás indígenas respetaban y admiraban al Padre Rey.

"Nuestro pequeño Reyecito se ha convertido ahora en El Padre Rey y nos satisface ver como irradia bondad y nunca se cansa de ayudar a todos. Él es muy bueno con nosotros," murmuraban los feligreses.

Todos los domingos después de la misa El Padre Rey se iba, en carretela, con Citlali, Pedrito y Sabina a su casita de adobe en las montañas. Allí conversaban largamente, a veces bajo la sombra del majestuoso encino que agraciaba lo alto de la montaña favorita de Citlali.

"Aunque nuestras vidas estén llenas de paz y felicidad, los años gradualmente se llevan a nuestros seres queridos," pensaba Citlali.

El querido Padre Benigno transitó al cielo a los ochenta años. Murió plácidamente con una sonrisa de bondad y satisfacción iluminando su rostro. Citlali, Pedrito, Sabina, y los indígenas de la región, así como muchas personas del pueblo de Acaxochitlán, acudieron a su entierro. El Padre Rey le dedicó la última bendición con un hermoso elogio.

Años después El Padre Rey realizó bendiciones similares a su madre Sabina y unos meses después a su padre Pedrito.

Citlali y El Padre Rey se quedaron nuevamente solos.

Fue entonces cuando El Padre Rey le pidió a Citlali:

"Abuelita, vente a vivir a Acaxochitlán cerca de la parroquia. Allí podré verte más seguido."

"Mi nietecito, gracias por preocuparte por mí, pero yo prefiero vivir en mi casita de la montaña donde siempre he vivido. El campo es mi hogar."

"Está bien abuelita. Le pediré a los vecinos que vengan a diario a ayudarte."

Aunque Citlali extrañaba mucho a Pedrito y a Sabina, se resignó a vivir sin ellos y nuevamente se ajustó a su nueva vida.

Durante las fiestas de Pascua, Citlali asistía a la ceremonia del Domingo de Palma y la bendición de los animales con algunos de sus vecinos. Cuando iban llegando a la parroquia de Acaxochitlán en la carretela, Citlali se regocijaba al pensar que su nietecito iba a ser el sacerdote que oficiaría la ceremonia. Después de la misa El Padre Rey, guiando su carretela, llevaba a Citlali a su casita. Ella jubilosa regresaba a su casita acompañada de su adorado nietecito.

Para el Día de Todos los Santos, El Padre Rey y Citlali visitaban la casa de los vecinos quienes los habían invitado a comer. Éstos, orgullosos, recibían al respetado Padre Rey y a Citlali. Ya en la mesa se les reservaban lugares especiales. Entonces El Padre Rey daba las gracias a Dios y bendecía los alimentos. Después todos comían alegremente. El Padre Rey brindaba siempre múltiples atenciones a su abuelita Citlali quien se sentía muy complacida.

El 12 de diciembre Citlali adornaba su altarcito con flores y encendía una veladora para conmemorar la Festividad de la Virgencita Lupita, rezando en intervalos durante el día.

Durante la celebración de Las Posadas, Citlali sentada en una silla junto a la ventana de su casita de adobe, observaba y disfrutaba los cánticos de los niños indígenas que entonaban:

"En el nombre del cielo…

Esos cánticos le hacían recordar a su nietecito de pequeño y su corazón se colmaba de alegría.

Citlali tenía ya noventa años. Su mente estaba aún alerta. Una sonrisa siempre relucía en su semblante. Expresiones de ternura y amor irradiaban de sus ojos cada vez que su nietecito la visitaba.

Todos los domingos después de la misa del mediodía El Padre Rey visitaba a Citlali. Un domingo en particular Citlali le pidió:

"Mi nietecito, por favor llévame a caminar un poco."

El Padre Rey, siempre ansioso de complacerla replicó:

"Está bien abuelita. Vamos a caminar."

El Padre Rey tomó un brazo de Citlali, mientras que ella sosteniéndose de un bordón con su otra mano comenzó a caminar lentamente al lado de su nietecito.

Cuando llegaron a un lugar desde donde ella podía ver lo alto de su montaña favorita se sentaron sobre el tronco de un árbol.

"Mi adorado nietecito," Citlali dijo, "¿Sabías que hace muchos años, después de que tus papás se casaron, fui a lo alto del cerro y le pedí a Dios que me mandara un nietecito?"

El Padre Rey oyéndola con sumo interés le preguntó:

"¿Y qué pasó abuelita?"

"Bueno, pues nueve meses después recibí el mejor regalo del cielo. ¡Naciste tú!"

El Padre Rey sonrió tiernamente y cortando un ramo de fragantes jazmines, se los ofreció a Citlali.

"Gracias mi hijito" dijo ella mientra inhalaba el perfume de las blancas flores.

Citlali con sus ojos cansados, admiraba la belleza de los campos. La puesta del sol daba un toque rosado a las nubes. Mirando hacia su montaña favorita ella suspiró profundamente recordando los momentos más significativos de su vida. En lo alto de esa montaña había rezado y soñado con el futuro. Ella había estado allí muchas veces con El Padre Rey cuando él era apenas un niño. Luego mirándolo le pidió:

"Mi querido nietecito, cuando me muera quiero que me entierres ahí, en lo alto de esa montaña."

"Abuelita, no hables así porque aún tienes muchos años más de vida."

"He tenido una vida llena de satisfacciones." ella respondió meditabunda.

Después de unos momentos retornaron a su casa. Ahí se sentaron a la mesa y merendaron pan dulce, que El Padre Rey le había llevado, y chocolate caliente. Luego frente al altarcito, rezaron. Esta vez Citlali expresó:

"Mi nietecito, quiero darte la bendición como acostumbraba hacerlo cuando eras un niño."

"Está bien, abuelita." respondió El Padre Rey volteando su cara hacia Citlali.

Citlali alzó la mano derecha hacia el rostro de su nietecito e hizo la señal de la cruz diciendo:

"En el nombre del Padre, del Hijo, y del Espíritu Santo. Amén. Que Dios te bendiga mi hijito."

Después que ambos se besaron en la frente, Citlali se acostó. Mientras tanto El Padre Rey, sentado a la mesa, se dispuso a leer un pasaje de la Biblia bajo la luz temblorosa de una vela.

Desde su cama Citlali lo observaba. El Padre Rey estaba completamente absorbido en su lectura. Sus sienes se habían tornado plateadas. Citlali lo quería tanto.

Repentinamente Citlali sintió el nefasto presentimiento de que su vida estaba por terminar. Con gran esfuerzo trató de levantar la mano, deseando tocar la cara de su nietecito una vez más, pero fue imposible ya que su temblorosa mano se desplomó en la cama.

Sintiendo que su vida se apagaba, Citlali en su desesperación fervientemente rogó:

"Virgencita de Guadalupe, por favor protege a mi nietecito."

Tal pareció que sus implorantes palabras habían sido oidas en el cielo porque en ese mismo instante Citlali se sintió envuelta con el perfume de rosas frescas y un magnífico resplandor de luz celestial penetró en el aposento. Aquel brillo, lentamente, se transformó en la grandiosa imagen de la Virgen de Guadalupe. Una dulce sonrisa alumbraba su semblante y sus brazos extendidos parecían posarse detrás del Padre Rey, como protegiéndolo.

"Mi Virgencita Lupita," murmuró Citlali sobrecogida por una mezcla de felicidad y ternura, "qué afortunada soy de tener el milagro de tu visita precisamente antes de mi muerte. Ahora estoy segura que tú cuidarás a mi nietecito."

Lágrimas resbalaban por sus mejillas mientras que la luz de sus pupilas gradualmente se opacaba. Sus ojos lentamente se cerraron y con una paz bendita el alma de Citlali pasó a la eternidad.

82

Cumpliendo los deseos de Citlali, El Padre Rey escogió el lugar ideal para el descanso del cuerpo de su abuelita. Era en la cumbre de la montaña, bajo la sombra del magnifico encino. Allí le dio la última bendición, con los indígenas a su derredor que habían llegado a despedirse de Citlali. Una cruz de madera blanca fue clavada en la cabecera del sepulcro mientras los indígenas oraban en silencio y acomodaban hermosas flores silvestres en la tumba. Gradualmente se fueron alejando.

El Padre Rey se quedó solo, recordando las muchas memorias de su niñez. El había caminado por esa montaña con su adorada abuelita Citlali, recibiendo hermosas percepciones de la vida, maravillado al mismo tiempo por los diferentes colores de las flores mientras escuchaban el canto de los pajarillos.

Esa indita azteca cuya educación habían sido únicamente los campos y las tradiciones de su gente, había hecho despertar en El Padre Rey la apreciación de la belleza natural, el murmullo de los riachuelos, el cambio de las estaciones y la inspiración que irradian los arco iris, crepúsculos, y amaneceres.

Todos estos recuerdos y el inexorable y tierno cariño de Citlali, vivirían en su corazón eternamente y serían intocables con el paso del tiempo. Su presencia espiritual morará por siempre en las flores y en los campos de esa región.

Lágrimas comenzaron a manar de los ojos azules del Padre Rey y, mientras miraba la tumba de Citlali, con palabras que brotaban de su alma dijo:

"Querida abuelita, tu cuerpo ha regresado a la tierra madre, pero tu espíritu vivirá conmigo por siempre."

Depositando en la tumba un ramo de jazmines del campo, El Padre Rey lentamente se alejó dejando atrás la esencia de esa maravillosa mujer azteca cuyo nombre era Citlali.

Glosario de Mexicanismos y Náhuatl

El Náhuatl deriva de náhua-tl, "sonido claro o agradable" y tlahtol-li, "lengua o lenguaje."

1. **Citlali**, derivado del náhuatl "**Citlalin**": Lucero.
2. **Huarache**: sandalia campesina.
3. **El Metate**, derivado del náhuatl "**Metlatl**" y el molcajete, derivado del Nahuatl "**Molcax**", son dos instrumentos inseparables del arte de la molienda; piedra sobre la cual se muelen manualmente con el meclapil o el tejolote el maíz y otros granos.
4. **Meclapil**, derivado del náhuatl "**Metlapilli**": Rollo o mano de piedra del metate.
5. **Molcajete**, derivado del náhuatl "**Molcax**": Mortero de piedra.
6. **Tejolote o Texoloti**: Mano del Molcajete.
7. **Comal,** derivado del náhuatl "**Comalli**": Disco de barro o de metal que se utiliza para cocer tortillas de maíz o para tostar otros granos.
8. **Petate**, derivado del náhuatl "**Petlatl**": Tipo de alfombra tejida que se extiende en el suelo para acostarse a dormir sobre ella.
9. **Itacate**, derivado del náhuatl "**Itacatl**": Una vianda de alimentos envuelta en una servilleta de algodón que se lleva a cuestas propia de los indígenas.
10. **Tata**: Voz de cariño que significa *"padre"* empleada como tratamiento de respeto.
11. **Pulque**: Bebida fermentada del Maguey.
12. **Quechquemitl**, derivado del náhuatl "**Quechtli**": Ponchito. Una prenda formada por dos rectángulos unidos de manera que los picos caen al frente y detrás a manera de triángulos.
13. **Jorongo**: Prenda de vestir o manta cuadrada tipo poncho.
14. **Milpas**, nombre náhuatl que significa sembradío: La Milpa es un sistema de policultivo centrado en el maíz. Se conoce como agricultura de milpa, por la palabra azteca "**milpa**", que significa maizal.
15. **Epazote**, derivado del náhuatl "**epazotl**": Es una hierba de color verde de origen mexicano usada para sazonar.
16. **Atole**, derivado del náhuatl "**Atolli**": Bebida caliente hecha con harina de maíz con leche o con agua.
17. **Amole**, derivado del náhuatl "**amolli**" producto del maguey usado como substituto del jabon.

l

18. **Piscar**: Recoger la cosecha.
19. **Nopal,** derivado del náhuatl "**Nopalli**": Es una planta sagrada muy antigua cuyas pencas se usaban como alimento. Su fruta llamada tuna puede ser verde, amarilla, roja o morada. Es dulce y jugosa.
20. **Quelite**, derivado del náhuatl "**Papaloquilitl**": Hierba comestible que se recolecta en los surcos de los cultivos de maíz durante los meses de lluvia.
21. **Verdolagas**: Hierba comestible que se recolecta en los surcos de los cultivos de maíz durante los meses de lluvia.
22. **Acaxochitlán**: Un pueblito en el estado de Hidalgo; significa en náhuatl "lugar de muchas flores".
23. **Matraca**: Juguete ruidoso de madera.
24. **Calabazate**: Dulce semi-seco hecho con la corteza de calabaza.
25. **Acitrón**: Tallo de la biznaga mexicana descortezado y confitado.
26. **Palanqueta**: Golosina elaborada con nueces y cacahuates adheridos con azúcar negra.
27. **Tequesquite**, derivado del náhuatl "**Tetl**, piedra" y "**Quixquitl**, brotante": Mineral similar al carbonato de soda; los indígenas lo usaban para la preparación de la comida y también como medicina.
28. **Hauzontle**, derivado del náhuatl "**Huautzontli**": Verdura.
29. **Escamoles**, derivado del náhuatl "**azcatl**, hormiga," y "**mol**, guiso": Son larvas de hormigas, muy apreciadas en México. Consideradas un manjar o una comida de lujo.
30. **Charales**: Pececillos de agua dulce.
31. **Tlacoyos**, derivado de la palabra náhuatl "**tlahtlaõyoh**" que significa comida o alimento: Empanada hecha con una tortilla de maíz gruesa, rellena de frijoles, habas o hierbas comestibles.
32. **Chinicuiles,** proviene del náhuatl "**chilocuilin**" que significa "gusano de maguey": Gusanos comestibles color rosa, se multiplican cuando el maguey deja de dar el agua miel o néctar.
33. **Cempohalxochitl**, proviene del náhuatl "**cempoalli**" y "**xochitl**": Significa Flor de Muerto.
34. **Chilpayate**, proviene del náhuatl "**chilpayatl**": Bebé, sobre todo recién nacido.
35. **Bolo Padrino**: Monedas que se regalan a los niños después de un bautizo. Símbolo de prosperidad en la vida del ahijado.
36. **Paliacate**: Pañuelo grande de colores vivos, usualmente el rojo.
37. **Tejocotes**, proviene del náhuatl "**Texocotl**": Manzanitas amarillas originarias de México.